AF315969

L'ABOLITION

DE

LA TRAITE DES NOIRS,

PIÈCE QUI A CONCOURU POUR LE PRIX DE POÉSIE A
DÉCERNER, EN 1823, PAR L'ACADÉMIE FRANÇAISE;

PAR MARTIAL BARROIS.

Que d'autres dans leurs vers célèbrent la grandeur,
Élèvent des autels au luxe, à la puissance,
Encensent la fortune et sa vaine faveur,
Vantent le doux repos et la molle indolence!
Je consacre mes chants à venger l'innocence.

PARIS,

DE L'IMPRIMERIE DE FIRMIN DIDOT,

IMPRIMEUR DU ROI, RUE JACOB, N° 24.

Août 1823.

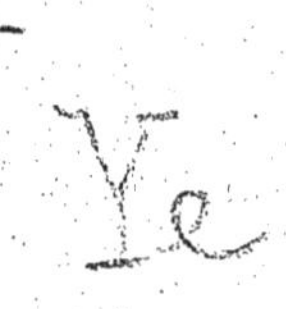

L'ABOLITION

DE

LA TRAITE DES NOIRS

Les temps sont arrivés où le ciel plus propice
De nos vœux les plus chers reconnaît la justice:
L'humanité triomphe, et ses augustes droits
Ont été consacrés par les traités des rois;
L'homme partout s'élève au rang que lui destine
Et la faveur du ciel et sa noble origine.
Ce n'est plus ce jouet d'un maître impérieux,
Qui trop souvent, pour prix de soins laborieux,
Attendait que la mort, terminant sa carrière,
Daignât le délivrer du poids de sa misère.
En vain l'amour de l'or si fécond en forfaits,
Prétendrait aux mortels disputer ces bienfaits!
En vain le crime encore, invoquant l'imposture,

Voudrait flétrir des droits fondés sur la nature !

Le sort en est jeté : désormais les mortels

Accompliront des rois les décrets solennels ;

Non : nous ne verrons plus, au gré de ses caprices,

L'homme condamner l'homme à d'horribles supplices,

Vouer des innocents aux peines des pervers,

Et les Noirs pour jamais ont vu tomber leurs fers !

Trop long-temps relégués dans cette foule obscure

D'immondes animaux, rebut de la nature,

Leur sort ne sera plus, vains jouets du destin,

D'attendre sur leur sol, qu'un marchand inhumain

Trafique de leur sang et condamne leur vie

A pleurer dans les fers leur liberté ravie.

Loin de nous ces mortels qui de l'humanité

Soumettent tous les droits à leur cupidité,

Et qui, dans les transports d'un monstrueux délire,

Prétendent que le ciel pour leurs crimes conspire !

Eh, quoi ! le créateur, dont les soins paternels

Se répandent sans choix sur les faibles mortels,

Serait, avilissant sa divine justice,

Des forfaits des humains l'auteur et le complice !

Barbares, croyez-vous par ces déguisements

Braver un Dieu vengeur outragé trop long-temps ?

Entendez-vous, au ciel, cette voix qui nous crie

De réparer des Noirs la longue ignominie,

D'avilir leurs bourreaux et de marquer leur front

Des signes flétrissants d'un immortel affront ?

De quel droit, condamnant ces Noirs à l'esclavage,

Exerciez-vous sur eux votre coupable rage ?

Dites-moi par quel pacte établis leurs tyrans,

Vous destiniez leur vie à d'horribles tourments,

Vous proclamiez leur race, une race flétrie

Qui du rang des humains devrait être bannie ?

Ils sont noirs, il est vrai ; mais est-ce à la couleur

Qu'un Dieu de ses bontés mesure la grandeur ?

Cruels, qui vous a dit qu'un naturel sauvage

Serait de ces mortels l'éternel apanage ?

N'ont-ils des passions que les plus vils désirs ?

Seraient-ils moins que nous sensibles aux plaisirs ?

Non : des feux de l'amour ils connaissent les charmes ;

Ils aiment ses transports et ses douces alarmes ;

Les caresses d'un fils ont pour eux des douceurs,

Et souvent la pitié fait palpiter leurs cœurs..........

Direz-vous que le ciel autorisait vos crimes ?.......

Le ciel avait horreur du sang de vos victimes !

Le vil amour de l'or, empoisonnant vos cœurs,

Hélas ! provoquait seul ces tragiques fureurs.

C'est lui qui dépeupla la malheureuse Afrique,

Qui, durant trois cents ans, transforma l'Amérique

En un vaste tombeau dont les vains ossements

Seront du sort des Noirs d'immortels monuments.

C'EST peu des Négriers d'avilir la mémoire :

De leurs cruels forfaits éternisons l'histoire ;

Disons à l'univers par quels affreux tourments

Les Noirs de leur fortune étaient les instruments ;

Descendons avec eux sur ces plages brûlantes,

Tant de fois les témoins de leurs fureurs sanglantes :

Peut-être que des Noirs connaissant les malheurs,

A leur sort trop cruel on donnera des pleurs.

Que vois-je ? un jeune enfant qui, vendu par son père,

Embrasse, désolé, les genoux de sa mère !

Les lamentables cris qu'il pousse jusqu'aux cieux,

Accusent les rigueurs d'un père furieux.

Sa mère, partageant de si vives alarmes,

Le presse sur son sein en le baignant de larmes ;

Elle implore le père...... Elle invoque le ciel.......

Mais un père jamais n'est à moitié cruel :

Le barbare, irrité de tant de résistance,

Se hâte d'en tirer une horrible vengeance :

Impitoyable époux, père dénaturé,

Il regrette en secret d'avoir trop différé ;

Et vendant à la fois et le fils et la mère,

De son double forfait il reçoit le salaire.

Quoi ! ce ne sont partout que des scènes d'horreur !

Partout nous n'entendrons que des cris de douleur !....

Mais quel objet encor vient s'offrir à ma vue ?

O ciel ! où traîne-t-on cette femme éperdue ?

Ses membres mutilés et ses sanglantes mains

Attestent les fureurs de soldats inhumains :

Monstres nourris de sang et vieillis dans le crime,

Ces bourreaux acharnés sur leur jeune victime

Lui reprochent, hélas ! jusques à ses terreurs ;

Ils frémissent de rage à l'aspect de ses pleurs.

Toutefois, rassurant son âme défaillante,

Elle ose les presser, d'une voix suppliante,

De lui permettre encor, pour unique faveur,

De voir, de consoler, de serrer sur son cœur,

Un père infortuné que les glaces de l'âge

Entraîneront bientôt vers le sombre rivage.

« Encore, disait-elle, en ces affreux moments,

« Si ma mère vivait pour calmer ses tourments !

« Mais, hélas ! loin de nous pour jamais emmenée,

« Son sort fut de mourir des siens abandonnée..... »

Ils sont sourds à sa plainte ; et leur lâche fureur

Bien loin de s'amollir, insulte à sa douleur.

CEPENDANT parvenus au funeste rivage,
Ils la chargent soudain des fers de l'esclavage,
La traînent sans pitié dans de sombres cachots,
Où déjà succombant aux regrets, aux sanglots,
Une troupe de Noirs consternée et tremblante
Déplorait de son sort la rigueur accablante.
A peine est-elle entrée en ce séjour d'horreur
Qu'une voix gémissante et bien chère à son cœur,
Par ses tristes accents, réveille dans son ame
Le cruel souvenir d'une constante flamme.
« Ah ! cher amant, dit-elle, à nos tendres amours,
« C'en est fait, il faudra renoncer pour toujours !
« Il faudra, dans les fers, consumer une vie
« Qui par tant d'heureux jours devait être embellie !
« Quoi ! je ne verrai plus ce bois mystérieux
« Dont l'écho répétait nos serments amoureux !
« Je ne reverrai plus ce palmier tutélaire
« Dont le feuillage épais et l'ombre hospitalière
« Protègent la cabane où je reçus le jour !
« Non : ces objets chéris sont perdus sans retour.

« Ai-je donc mérité ma triste destinée ?

« Pour un sort si cruel, ô Dieux, étais-je née ? »

Elle achève ces mots ; et le poids de ses fers

Ajoutant aux rigueurs des maux qu'elle a soufferts,

Elle tombe ; et, quittant une importune vie,

Elle semble bénir le ciel qui l'a ravie.

MAIS qui dira l'effroi répandu sur ces bords,

Et les plaintes des Noirs et leurs affreux transports,

En quittant pour jamais, au printemps de leur vie,

Le séjour paternel et leur chère patrie ?

De ces infortunés entendez les clameurs !

Les voyez-vous, en proie aux plus vives terreurs,

De leurs derniers adieux saluer le rivage

Où pour eux commença l'horreur de l'esclavage ?

Ah ! c'est ici, mortels, qu'il faut plaindre leur sort !

Du navire fatal ils ont franchi le bord.

L'un sur l'autre entassés au fond de ce navire,

Ils endurent les maux du plus cruel martyre ;

Enchaînés deux à deux, à peine un faible jour

Répand-il sa lueur dans leur affreux séjour;

De longs gémissements ils remplissent l'enceinte;

Mêlent des cris de rage aux accents de la plainte;

Dans leurs vœux impuissants ils appellent la mort·

La mort est insensible à leur malheureux sort;

Ils ne peuvent, hélas! disposer de leur vie;

La douceur de mourir leur est même ravie!.....

Eh! pourquoi l'Océan, consommant tant d'horreurs,

N'assouvit-il sur eux ses dernières fureurs?

Heureux d'être engloutis au fond de ses abîmes,

On ne les verrait pas, innocentes victimes,

Aux bords de l'Amérique, achever dans les pleurs

Les restes d'une vie échappée aux douleurs!

Telle est du sort des Noirs l'épouvantable image:

Des souffrances!..... voilà leur unique partage!

Et c'est pour nos plaisirs que ces infortunés

Étaient dès leur enfance aux tourments condamnés!

Ah! périsse à jamais le luxe et ses caprices!

Des banquets somptueux loin de nous les délices,

Plutôt que d'acheter, au prix de tels forfaits,

Des plaisirs dont le crime a souillé les attraits!

Mais c'est assez des Noirs déplorer les tortures;

Détournons nos regards de ces tristes peintures;

Que la reconnaissance, en inspirant mes vers,

Fasse entendre sa voix au bout de l'univers;

Qu'elle annonce en tous lieux que la traite abolie

Ne fera plus des Noirs une race avilie;

Qu'arrachés pour jamais à leurs persécuteurs,

Ils rencontrent partout de zélés protecteurs;

Que les Rois, consommant cet immortel ouvrage,

De trois siècles d'horreurs vont réparer l'outrage,

En exauçant les vœux que fait l'humanité

Et proclamant des Noirs l'entière liberté.

VARIANTE.

J'avais d'abord eu l'intention de traiter *l'Abolition de la traite des Noirs* en forme d'épître. Quoique j'aie abandonné l'exécution de ce premier plan, j'ai cru devoir conserver quelques-uns des vers que j'y avais fait entrer. Je disais, en déplorant les souffrances des Noirs :

. . . .

De leur malheureux sort l'image déchirante

Dans mon cœur désolé sans cesse était présente.

Souvent, la nuit, au sein d'un paisible sommeil,

Dans ces rêves trompeurs qu'écarte le réveil,

Je voyais leurs tourments, et de leur voix plaintive

Les accents douloureux, dans mon ame attentive

Apportaient la langueur; et ces vains sentiments

Me faisaient partager leurs longs gémissements.

Mais soudain, dédaignant une pitié stérile,

Je me blâme en secret d'une plainte inutile;

Je veux franchir les mers et, bravant leurs dangers,

Aller visiter seul ces climats étrangers

Où les Noirs dès long-temps naissaient pour l'esclavage.

Je pars : le ciel se plaît à bénir mon courage.

. . . .

FIN.

9 782019 313296